Conosco da tanti anni Antonio Benni, per moltissimo tempo Presidente della Sezione Anpi di Locate Triulzi. Ho sempre apprezzato la sua umanità, la sua passione, il suo costante impegno per il rafforzamento della nostra Associazione.

Nel suo bellissimo racconto *Una storia di dignità,* Antonio racconta della sua infanzia vissuta nel periodo dell'oppressione fascista, delle angherie cui fu sottoposto il padre, falegname agricolo, di fede socialista, sospeso per tre mesi dal lavoro perchè oppositore del regime fascista.

La famiglia Benni trascorse un periodo di sofferenze e di miseria, ma "non si chinò mai - scrive Antonio – davanti all'ingiustizia" e non accettò mai i soprusi dei potenti.

Tre dei fratelli di Antonio dovettero partire per la guerra e un altro fratello, nel 1944, fu catturato dai tedeschi e finì in un campo di concentramento.

Fu questa tragica situazione a spingere il giovanissimo Antonio a prendere contatto con un Comitato clandestino di patrioti e antifascisti che si riuniva in un casolare.

Antonio, nome di battaglia "Lino" aveva il compito di staffetta e portava ordini e comunicazioni ai partigiani sparsi nelle campagne.

Il giorno della Liberazione fu rattristato dal profondo dolore per la morte, in guerra, dei due giovani fratelli di Antonio, Vittorio e Luigi. A vent'anni Antonio prende la tessera del Partito Comunista Italiano e chiede di potersi iscrivere alla sezione dell'ANPI di Locate Triulzi.

Inizia così la sua ininterrotta militanza nella nostra Associazione.

Il racconto di Antonio è intenso e toccante. E' una storia di "povertà, ma anche di grande e assoluta dignità" come viene definita da Antonio. Dalla sua esperienza di vita viene trasmesso a tutti noi un messaggio di fondamentale importanza. Scrive Antonio: "La libertà è la parola chiave che dovrebbe accompagnare ogni persona nel proprio percorso di vita; perchè non c'è libertà dove regna la violenza, non può esserci libertà dove vige il sopruso".

Il lavoro di Antonio, per oltre sessant'anni, è stato di grande importanza: la Sezione di Locate Triulzi si è rafforzata considerevolmente e radicata nel territorio.

Stiamo attraversando un periodo molto delicato e complesso caratterizzato da una gravissima crisi economica e valoriale. In questo contesto è fondamentale il ruolo dell'ANPI: quello di rilanciare nella società contemporanea che sembra aver perso la propria identità, i valori della pace, della solidarietà, della Memoria, vero antidoto contro il virus del razzismo, della xenofobia, dell'antisemitismo.

Di grande significato sono le parole con le quali Antonio, ora Presidente Onorario della Sezione Anpi di Locate Triulzi, conclude il suo racconto: "Vorrei sperare che il tragitto dell'antifascismo possiamo percorrerlo ancora in tanti e ancora insieme perchè questa nostra storia è una storia di dignità, ma anche di assoluta e gran bella libertà".

Roberto Cenati
Presidente ANPI Provinciale di Milano

UNA STORIA DI DIGNITA'

La nebbia che avvolgeva la vasta campagna bresciana ammantava anche la mia vita di bimbo di soli quattro anni, in un periodo funesto per la nostra Nazione e soprattutto per coloro che nascevano ed erano costretti a vivere in uno stato di povertà ignominioso.
Era il 1934 e i miei ricordi di quell'epoca ancora oggi appaiono lucidi, limpidi e forti di quella luce che la dignità di un bimbo, di un ragazzo e di un uomo poi, per fortuna mi ha sempre e benevolmente accompagnato.
Mio padre lavorava come falegname agricolo alle dipendenze di un datore di lavoro che, chiamarlo padrone sarebbe stato un complimento, per tutte le angherie, i soprusi e le spavalde vigliaccherie alle quali coloro che non appartenevano alla schiera padronale fascista, erano costretti a subire.
Infatti, il primo ricordo di quest'infanzia pressoché rubata risale all'inverno di un paio d'anni dopo quando, per una risposta mal data o forse malintesa, mio padre visse una storia terrificante per lui ma soprattutto per la nostra intera famiglia.

Quella mattina di un inverno gelido un messo comunale bussò alla nostra porta e, a mia madre allarmata, disse che stava cercando mio padre con l'ordine di presentarsi il mattino successivo presso l'ufficio comunale per alcune comunicazioni.

Vidi indistintamente sul volto di mio padre, ritornato dalla giornata lavorativa e apprendendo la notizia della convocazione, una smorfia di preoccupazione mista a quel senso di frustrazione nel non poter esprimere le proprie idee socialiste che l'hanno guidato per tutta la sua non facile esistenza.

Piccolo, vivace e sempre più curioso, anche se in disparte coglievo tutte le sfumature di questi drammi familiari e, accucciato nell'angolo freddo della grande stanza la mia mente cercava di immaginare quali potessero essere gli sviluppi di tali situazioni.

La curiosità sempre più accesa riuscì a convincere il papà nel farsi accompagnare, in quella strana mattina imbiancata di gelo, dove i solchi delle aiuole e gli argini dei fossati che costeggiavamo riprendevano il suo volto sofferto e preoccupato.

Cercavo di accompagnarlo il più possibile, cercavo di stare più tempo con lui perché avevo la sensazione di imparare molto da quell'uomo così mite che passava le notti chino sul tavolo a pensare, a riflettere e a scrivere, prendendo appunti per discorsi che in quell'epoca difficilmente si sarebbero potuti esprimere.

La mia mente bambina, già da allora a soli sei anni, non riusciva a darsi pace e cercava continuamente di comprendere ciò che un bimbo non può comprendere e, forse, non dovrebbe comprendere.

Entrammo nel grande salone degli uffici comunali ed io rimasi qualche passo dietro di lui che invece s'incamminò verso il tavolo posto di fronte all'entrata.

Davanti ad una grande, per me immensa, bandiera nera con delle effigi e delle scritte che non riuscivo a decifrare, stavano seduti tre personaggi che alla sola visione incutevano paura: il Podestà, il Prevosto e il Padrone dell'azienda agricola dove lavorava mio padre.

I nostri sguardi s'incrociarono per un attimo e capii che la situazione era veramente drammatica perché per uno spazio di tempo da sembrare infinito nessuno di loro parlò, limitandosi a fissare con sguardi truci quell'uomo alto, magro e inerte che avevano convocato dinanzi a loro e che provavano piacere a tenerlo il più possibile sulle spine senza permettergli di fiatare.

Fu il prete, per primo, a rompere il terribile silenzio che aveva ulteriormente gelato la stanza ma soprattutto i nostri animi; un prete dichiaratamente fascista che, fingendosi misericordioso, mormorò ai due ceffi seduti al suo fianco:

-Allora, cosa ne facciamo di questo sovversivo?

Il Podestà, capo fascista del comune, si levò dritto in piedi e battendo un pugno sul tavolo emanò la sua sentenza:

-Lo sospenderei dal lavoro per almeno tre mesi!

Il Prevosto e il Padrone non ebbero alcuna esitazione ad accettare la pena di sospensione dal lavoro e, non permettendo il proferire di alcuna parola a quell'uomo umiliato davanti al suo piccolo figlio, si alzarono e lasciarono la stanza con aria soddisfatta non dopo averci fatti condurre verso l'uscita urlandoci addosso:

-Bravo Giovanni, è questo l'insegnamento che dai ai tuoi figli?

Erano i primi di dicembre e ci aspettavano almeno tre mesi di fame, di freddo e di assurda povertà provocata da una situazione che non fu mai spiegata e soprattutto, l'ingiustizia di un accanimento nei confronti di un lavoratore, abile ma socialista, sopraffece ogni logica di giustizia.

Ma la giustizia, in quegli anni, era un concetto totalmente inesistente: o con loro o contro di loro e, a scapito della vita tua e dell'intera tua famiglia.

La dignità però non ha prezzo, è la costituente maggiore di un uomo, di un uomo onesto, umile, corretto, giusto e appunto dignitoso.

Dignità e umiltà che ci accompagnarono, in quei tragici mesi invernali, di porta in porta a bussare e a chiedere qualche manciata di farina per poter sfamare la famiglia di questo lavoratore punito con tre mesi di sospensione da un improvvisato tribunale fascista per chissà quale reato.

Il reato di essere persona, di essere uomo, di non assecondare le eresie fasciste, di non accettare situazioni di soprusi ingiustificati e comunque il reato di non pensarla come loro: il reato di non essere fascista.

Era bravo il babbo a raccontare favole e, per noi bambini, era un piacere ascoltarle quando di sera ci preparavamo al sonno e ci raccoglievamo tutti e sette fratelli intorno e sopra il suo letto per fantasticare con la nostra mente accogliendo quelle immagini così ben descritte e così ben raccontate.

Pensavo che probabilmente tra le cose che scriveva durante le sue lunghe veglie notturne, c'erano anche quelle belle e colorate storie che per noi bambini rappresentavano uno spezzone di vita che andava oltre la possibile immaginazione, anche se durante quell'inverno trapelava una forte vena malinconica e più di qualche volta riuscii a scoprire sul volto di entrambi i genitori delle lacrime pungenti per la fatica e la triste umiliante sensazione di non riuscire a sfamare l'intera famiglia.

Ma già allora si andava orgogliosi del nostro non chinarci davanti all'ingiustizia, del nostro non accettare i soprusi dei potenti, del nostro non essere fascisti ed in qualche modo contrastare e combattere la violenza e la viltà di una simile ideologia.

All'età di sette - otto anni mi nascondevo dietro i muri delle vie del paese, una comunità di circa 8.000 abitanti, per osservare quello che succedeva e che mi pareva talmente assurdo da sembrarmi irreale.

Il solito Podestà, capo fascista indiscusso del paese, scorrazzava per le vie con un frustino tra le mani cercando di scovare giovani in età premilitare per addestrarli alla dottrina fascista.

Quando il gruppo di ragazzi si faceva consistente iniziavano, il Podestà ed altri fascisti, a farli correre incessantemente bastonandoli qualora si fossero fermati e ridendo in maniera sguaiata per le loro cadute.

Anche tre dei miei fratelli maggiori, malgrado loro, facevano parte di quel gruppo di giovani che almeno settimanalmente dovevano sottostare agli addestramenti fascisti.

Furono proprio loro tre che, dopo lo scoppio della guerra, dovettero partire per il militare e imbracciare le armi a tutela del regime fascista.

Ricordo quei giorni con la tristezza di un fratello, io più piccolo, che capiva la bruttura della guerra e soprattutto che probabilmente non avrei più rivisto le giovani facce dei miei fratelli che, al momento di congedarsi da noi riuscirono ad urlare: -Mai diventeremo come loro!

Nostra madre, pur cercando di contenere la sua rabbia, li salutò e non poté far altro che accompagnarli, tenendoli stretti a sé, verso la camionetta che li portava via. Solo lo strattone del militare fascista riuscì a staccarla dal braccio di suo figlio.

Pensavo: -Maledetti! Ma perché? Perché la guerra?

Sin dall'età di dodici anni dovevo necessariamente badare a me stesso e la costruzione del mio carattere la devo molto anche alla voglia di scoperta e di curiosità che mi permetteva di osservare e di elaborare tutto quello che mi stava intorno e tutto ciò che succedeva al paese e fuori da esso.

Pur essendo di corporatura molto esile, (e com'era possibile non esserlo vista la mancanza di cibo?) trascorrevo la maggior parte del mio tempo tra le strade e le vie, ascoltando quello che la gente diceva, cercando le maggiori informazioni possibili.

Nel 1944 un altro fratello di quasi vent'anni fu braccato e catturato dalle SS con l'intento di costringerlo a lavorare presso la Tot, organizzazione paramilitare nazista preposta al reclutamento forzato di giovani lavoratori da adibire alle fortificazioni dell'edilizia tedesca.

Fu un altro brutto colpo per la nostra famiglia che ormai era presa di mira dalle milizie nazifasciste perché additati come comunisti e sobillatori contro il regime fascista.

Dopo qualche giorno venimmo a sapere che mio fratello era riuscito a fuggire e, nonostante numerosi raid nei paesi vicini e nelle campagne adiacenti, i nazifascisti non riuscirono a trovarlo quindi scattò la rappresaglia e un commando di camicie nere giunse a fucili spiegati nella nostra abitazione e portarono via mio padre che fu messo in galera per otto giorni.

Continuavo a non capire, continuavo a non spiegarmi le violenze e le brutture alle quali i cittadini, pur senza colpe, venivano sottoposti. Semplicemente non riuscivo a concepire la logica e la cultura fascista.

Seppi che a circa una decina di chilometri da dove noi abitavamo c'era un comitato, chiaramente clandestino, di patrioti antifascisti e non mi ci volle molto a decidere di raggiungerli, percorrendo il tragitto a piedi, quasi di corsa, per collaborare con loro.

Era l'ottobre del 1944 quando in quel vecchio e malandato casolare seminascosto dalla boscaglia nella campagna bresciana io e l'amico Tito varcammo la soglia chiedendo di poter collaborare con il comitato di resistenza partigiana.

Fu da quel momento che il mio nome da Antonio si tramutò in Lino.

Lino, il piccolo Lino mi chiamavano, ed io ne andavo fiero.

Il piccolo Lino faceva da staffetta a portare ordini, comunicazioni e a volte anche cibo ai vari compagni partigiani sparsi nelle campagne e quando in un tardo pomeriggio di fine ottobre vidi un gippone carico di soldati fascisti venire verso di me, mi arrivò il cuore in gola.

Saltai lateralmente verso l'argine del fossato che costeggiava la strada sterrata e cercai di nascondermi sotto i cespugli sperando che il mezzo passasse senza potermi scorgere.

Ma la nuvola di fumo e polvere che dal nascondiglio scorgevo in lontananza, bruscamente si interruppe quando il gippone carico di fascisti frenò e si fermò proprio davanti al mio nascondiglio.

Mi avevano visto.

Scesero in tre e, nonostante cercassi di scappare, sciolsero il loro cane che quasi subito mi fermò saltandomi addosso e facendomi sentire il suo bavoso ansimare sul volto.

Quasi svenni dalla paura ma fortunatamente, essendo di ritorno dal mio viaggio per la consegna di cibo ai compagni nascosti, non mi trovarono addosso nulla e non riuscirono a risalire alle mie azioni partigiane e antifasciste.

Fui portato in caserma dai carabinieri e, nonostante un serrato interrogatorio, riuscii a non far trapelare nulla e finì convocando in caserma mio padre e

congedandoci con la minaccia di fare attenzione perché:
-Sappiamo chi siete, e al minimo passo falso vi facciamo secchi tutti quanti!
Quanta brutalità, quanta violenza, quanta cattiveria.
Da quel momento giurai a me stesso che la mia vita sarebbe stata sempre all'insegna della pace, della nonviolenza e della bontà; dell'onestà, della giustizia, della democrazia, combattendo ogni dittatura, ogni violenza e ogni crimine perpetrato verso chiunque.

In una parola sola: giurai a me stesso che avrei vissuto da antifascista.

La fine della guerra trovò la nostra famiglia decimata per la perdita di ben due dei miei fratelli che non vedemmo più ritornare ed un altro che tornò, dopo esser stato segregato in campo di concentramento; i legittimi festeggiamenti per una nuova era di pace che si stava per costruire, erano turbati dal dolore per la morte dei nostri giovani ragazzi: Vittorio e Luigi, che, ancora oggi ricordo con triste e rabbiosa malinconia.

Il ricordo continuo, sofferto ed indelebile, era ben visibile sui numeri stampigliati sul braccio di mio fratello Gianni che una mattina ci trovammo di fronte ridotto ad un'ombra d'uomo, con la forza residua di un piccolo sorriso, prima di cedere e cadere a terra davanti a nostra madre in lacrime. La guerra era dunque finita, i partigiani uniti ai comuni cittadini festeggiavano inondando le strade con l'infinita bellezza dei loro volti stravolti ma finalmente felici.

Così scrisse Giorgio Amendola in un articolo pubblicato su "Rinascita" nel 1948:

"Quando il mattino del 25 aprile i lavoratori armati scesero nelle strade per l'assalto finale, la vittoria era già sicura, malgrado l'enorme sproporzione dell'armamento che tuttora sussisteva.

Non era una piccola avanguardia di combattenti isolati che attaccava, ma tutto un popolo che si rivoltava contro un governo logorato da venti mesi di guerriglia popolare, battuto e demoralizzato, condannato politicamente e moralmente dalla coscienza della nazione.

L'insurrezione dopo la lunga e eroica marcia arrivava vittoriosamente alla sua meta. I C.L.N. assumevano tutti i poteri, che dovevano poi, in base agli accordi internazionali, cedere ai comandi alleati.

Si è aperto con questa vittoria del popolo un nuovo periodo della storia italiana nel quale quegli ideali di libertà e di giustizia per i quali hanno combattuto e sono caduti i migliori figli del nostro popolo dovranno finalmente trionfare.

Nessuno potrà impedire che quelle sacrosante aspirazioni divengano finalmente la realtà della nuova Italia."

Era proprio così: la sensazione di noi tutti era che finalmente l'Italia potesse iniziare a vivere una nuova realtà fatta di democrazia e di diritto.In un sol termine, di libertà.

Nel 1947 mi trasferii nei pressi di Pavia e partecipai attivamente alla campagna elettorale per le elezioni politiche del 1948 (18 aprile) anche se troppo giovane per votare.

Volantinai e attaccai manifesti per promuovere il Partito Comunista e ricordo la delusa commozione di quando, vagando furtivamente tra i seggi elettorali del paese, capii che purtroppo non ce l'avevamo fatta.
M'iscrissi al Partito Comunista Italiano all'età di vent'anni ma continuavo a cercare persone che, come me e magari più di me, avevano vissuto gli anni della resistenza in maniera attiva.

Fui dirottato, dal sindaco del paese (il compagno Carlo Pasi) verso il comune di Locate Triulzi dove, mi disse:
-E' stata aperta una sezione dei partigiani italiani: l'ANPI (Associazione Nazionale Partigiani d'Italia)

Il 28 ottobre del 1950, in un ennesimo giorno di umida nebbia, inforcai la bicicletta e percorsi i chilometri che mi distanziavano da Locate, quasi senza accorgermene.
Ero emozionato, sentivo il cuore in gola e un leggero tremolio alle gambe quando varcai la soglia della sezione ANPI dopo aver bussato e aver sentito una voce amica che mi diceva di avanzare.
Intimidito dai compagni che mi accolsero e mi fecero sedere, raccontai la mia storia e chiesi loro di potermi iscrivere all'associazione perché il senso della mia vita doveva necessariamente andare in quella direzione.
Un po' si stupirono, nel vedere questo ragazzo così giovane ma così motivato e voglioso di cooperare per una causa importante.
Il Presidente (compagno Gaetano Bertaglia) si alzò, venne da me e prendendomi la mano mi fece alzare dalla sedia abbracciandomi e dandomi così il

benvenuto nella loro associazione e presso la loro sezione.

Il viaggio ciclistico di ritorno fu costeggiato da immensa soddisfazione e canti incessanti ad alta voce tra risolini e stupore delle persone che m'incrociavano.

Posai la bicicletta ed entrai in casa con l'aria fiera di un ragazzo cresciuto e realizzato, con l'aspettativa di voler partecipare ad un futuro e ad un mondo migliore senza l'ombra della bruttura fascista.

Ma a vent'anni c'era un'altra incombenza con la quale avrei dovuto confrontarmi: il servizio militare.

Feci il servizio militare prima a Bari e successivamente a Udine e non vi dico l'esperienza di dovermi assoggettare agli ordini militari che associavo a quanto di peggio subito durante l'infanzia con le esperienze vissute dall'intera mia famiglia.

"Signorsì!"

Era la risposta che i graduati pretendevano ma "Signornò!" era quello che il mio cuore teneva in serbo e qualche volta, direi molte volte, mi usciva dalla bocca.

Due fratelli periti in guerra! Un altro segnato a vita e rovinato dal campo di concentramento!

Questa era la giustificazione che ogni volta adducevo verso i graduati superiori che, per contro, mi consegnavano ogni volta togliendomi i permessi e le licenze.

Accettavo le punizioni trincerandomi dietro le mie valide motivazioni e scandendo sempre un "Signornò!" dal profondo del cuore e dall'amarezza del mio dolore profondo.

Quando mi proposero di seguire un corso per graduati e risposi ancora "Signornò!", confesso di aver avuto paura al solo pensiero di quale pena punitiva mi avrebbero inflitto.

Infatti, mi portarono in una stanza completamente spoglia e asettica e, alla presenza di una schiera di ufficiali, mi perquisirono da cima a fondo.

Trovarono nel mio portafogli le due tessere (ANPI e PCI) delle quali andavo fiero e successe il finimondo: insulti, sputi, urla e percosse terminate con dieci giorni di reclusione.

Furono dieci giorni di completa solitudine che mi fecero ulteriormente riflettere sull'intero corso della mia vita ma che mi temprarono ancora maggiormente verso l'assoluta convinzione che battersi contro ogni negazione del diritto, dei diritti sacrosanti di ogni persona, rappresenta la vera essenza di vita.

I ripetuti periodi reclusivi terminarono quasi in concomitanza con il congedo definitivo che invece continuavano, senza alcun motivo, a rimandare trattenendomi in caserma in maniera del tutto illecita per altre due settimane oltre al termine prefissato. Il commiato non fu dei più amichevoli e, nonostante fossi ben voluto dai commilitoni, gli ufficiali mi schernirono ed insultarono fino alla fine.

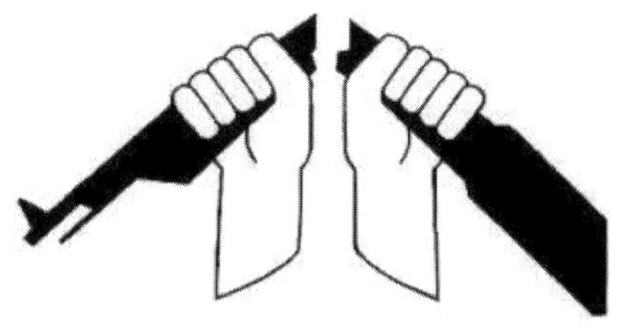

Uscii dalla caserma facendomi forza di non rispondere alla viltà delle loro provocazioni, e una volta fuori mi stracciai e bruciai la divisa militare come indistinto segno di una ribellione nei confronti della negazione della libertà.

Ecco, libertà è la parola chiave che dovrebbe accompagnare ogni persona nel proprio percorso di vita; perché non c'è libertà dove regna la violenza, non può esserci libertà dove vige il sopruso.

E' una piccola storia la mia, una storia di povertà, ma anche di grande e assoluta dignità, che mi ha portato fino ai giorni nostri.

Alla storia vissuta ed "attuale" degli ultimi sessant'anni.

Ho iniziato a collaborare attivamente militando nel Partito Comunista e nell'ANPI da quando avevo vent'anni, trovando e immaginandomi sempre grandi strade aperte che potevano portare me e la mia gente verso un futuro solcato da persone libere.

La mia collaborazione è sempre stata diretta ed intensa, dapprima con il compagno Bertaglia che mi accolse a braccia aperte, poi affiancato al compagno Presidente Piero Cabri per diventare successivamente io stesso Presidente fino a quando l'età me lo ha permesso.

Non mi sarei mai immaginato di riuscire a portare la sezione ANPI di Locate al primo posto come numero di iscritti: è stata la coronazione di un sogno fortemente voluto, la realizzazione di un intento che mi ero ripromesso e che, con sforzi e fatiche, unitamente a molti compagni che mi hanno assistito, sono riuscito a portare a compimento.

Questi tanti anni di vita e di attiva militanza hanno caratterizzato il rapporto con tutti coloro che mi hanno conosciuto e ai quali ho offerto la semplicità del mio essere e del mio vivere libertario.

Ho sempre percorso quelle strade bellissime affiancato da compagni altrettanto belli che mi aiutavano a seguire un sogno democratico che forse ancora oggi, alla mia veneranda età , non si è completamente avverato.

In ogni incontro privato e pubblico, in ogni circostanza, in ogni celebrazione del nostro bel 25 aprile, ho sempre cercato di dire parole vere, parole giuste che venivano dal cuore e al cuore erano rivolte.

Devo ringraziare le molte persone che durante questo lungo tragitto mi hanno supportato e hanno camminato in fianco a me per cercare di non dimenticare le storie di un popolo che ha sofferto piangendo amare lacrime e sacrificando fior di vite umane per salvaguardare la libertà e la democrazia del nostro Paese.

E' per questo che, quando oggi vedo questa strada assottigliarsi, ed essere percorsa da sempre meno persone, il mio cuore si stringe e la commozione mi sale agli occhi.
Ho amato la Resistenza, la lotta partigiana, e tutti coloro che si sono impegnati, a scapito di affetti e molte volte delle loro giovani vite, nel liberare il nostro Paese.

Ho amato ed amo l'Italia ed ancor di più ho amato ed amo l'ANPI che ha fatto crescere, oltre a me stesso, le pulite coscienze di uomini e donne della nostra Nazione.

Proprio per questo vorrei sperare, per la nostra Associazione, che intendo ancora viva e grande, un futuro differente da come si prospetta.

Vorrei sperare che il tragitto dell'antifascismo possiamo percorrerlo ancora in tanti e ancora insieme perché questa mia storia è una storia di dignità ma anche di assoluta e gran bella libertà.

Gli appunti "di piazza"
Interventi di Lino Antonio Benni
nella ricorrenza del 25 Aprile

Cari Amici tutti, iscritti e non iscritti,
oggi celebriamo e festeggiamo il 61' anniversario della Resistenza.
Sappiamo che l' ANPI e' nata il 4 giugno del 1944 e subito dopo vi e' stato un grande comitato che si chiamava CNL Comitato Nazionale di Liberazione.
Questo per ricordare la RESISTENZA
Dalla Resistenza, dal sacrificio della Resistenza, nacquero nuove motivazioni e nuovi principi, cioe' nacque la grande Repubblica.
Nata il 2 giugno 1946 e la Costituzione entrata in vigore il 1' gennaio 1948.
Costituzione che nessuno puo' e deve toccare.
Le realizzazioni fondamentali della Resistenza nelle quali la grande maggioranza del popolo italiano si e' riconosciuta durante la lotta e negli anni ad essa successivi, anche se tra numerosi conflitti e contrapposizioni politiche.
Voglio esprimere l'omaggio e un sentito ricordo a tutti coloro che sacrificarono la loro vita nella lotta per la conquista della libertà e della democrazia, alle vittime delle stragi e del terrorismo, agli Enti e alle Istituzioni che hanno subìto gravi perdite

nell'assolvimento del loro dovere in difesa della legalità democratica e degli ordinamenti repubblicani.
A loro va il ricordo e l'omaggio di questa importante giornata e di questa bella e sempre viva ricorrenza.
La libertà, la pace, i diritti civili e politici, il lavoro, la salute, la scuola, sono i valori che la nostra Costituzione garantisce, e deve garantire per tutti i cittadini. E questa è anche la nostra volontà, conservare e celebrare il significato fondamentale della Festa Nazionale del 25 Aprile, come momento di ricordo, di riflessione e di gioia e per i grandi valori della nostra Repubblica.
Amici, non dimentichiamoci che <u>l'ANPI e' l'antifascismo di oggi.</u> Prima di chiudere vorrei fare un appello a tutti.
Vi faccio sapere che anche quest'anno abbiamo dei nuovi iscritti e che il nuovo statuto dell'ANPI prevede la possibilita' di iscrizione anche ai giovani.Infatti un giovane di 23 anni, laureato, e' venuto a bussare alla nostra porta e ha richiesto la tessera. Questo e' un grande gesto anche perche', mi piace dirlo e ricordarlo, una persona che si iscrive all'ANPI deve farlo col cuore, deve sentirselo all'interno, deve farlo dal di dentro.La tessera costa solo 12 euro e quindi,

Amici, cerchiamo di rinforzare la nostra grande e sempre viva associazione. Associazione non GROSSA ma GRANDE, assolutamente GRANDE!
Viva il 25 Aprile
(25 Aprile 2006)

25 APRILE
ANNIVERSARIO DELLA LIBERAZIONE

liberi

Cari amici, prima di tutto desidero porgere il mio saluto ed il mio piu' caro ringraziamento a tutte le autorita' presenti, ai rappresentanti delle associazioni, ai rappresentanti dei partiti e soprattutto alle persone che hanno scelto di essere ancora con noi per celebrare questa importante giornata. Il 25 aprile e' una data importante per il ricordo e principalmente per coloro che in maniera diretta o indiretta hanno vissuto le giornate drammatiche di 62 anni fa.

Giorni drammatici, giorni di sofferenza, giorni di morte e di lutti per numerose famiglie. Il 25 aprile deve essere ricordato anche per dare conforto a tutti coloro che hanno ancora vivo il ricordo di quei tremendi periodi.

Questi ricordi, cosiccome questi periodi, non si potranno mai dimenticare. Quando i partigiani decisero di cominciare le loro lotte e di salire sulle montagne per combattere il fascismo, lo fecero rischiando la vita e in molti casi sacrificando la loro vita.

Ma gli ideali per i quali combattevano erano, sono e rimangono i nostri ideali assoluti: sono la liberta', la giustizia, l'uguaglianza e la democrazia. E sono ideali che ancora oggi devono essere messi al primo posto.

Anche perche', dopo 62 anni da quel 25 aprile, l'Italia sta correndo nuovi pericoli. Pericoli come il terrorismo, che da sempre e' il nemico di una Nazione democratica, pericoli come gli attacchi alla nostra costituzione che e' una delle piu' democratiche tra quelle esistenti, ma soprattutto il pericolo che sta nel tentativo di sminuire o addirittura infangare la storia della Resistenza e dell'antifascismo.

Ma il ricordo e' importante anche per tutti i giovani che non hanno una memoria storica ma che, in giornate come queste, possono conoscere ed imparare che la costruzione della pace e della democrazia nel nostro paese e' stato un percorso difficile che e' dovuto passare anche dal sacrificio di molte vite umane. Il sacrificio di molti uomini, di molte donne, di molti civili e militari che hanno pagato con la loro vita per permetterci di costruire un Paese democratico come il nostro.

Per questi motivi, per difendere nuovamente le faticose conquiste democratiche, il 25 aprile non puo' essere un giorno normale, ma deve rappresentare la grande giornata del ricordo dei caduti per la nostra liberta'.

Mi rivolgo allora a tutti voi, ai democratici, agli antifascisti, ai giovani ed ai meno giovani per aiutarmi ed aiutare l'ANPI a mantenere sempre alto il ricordo ed il grido di ` VIVA IL 25 APRILE!

(25 Aprile 2007)

Cari amici, prima di tutto desidero porgere il mio saluto ed il mio piu' caro ringraziamento a tutte le autorita' presenti, ai rappresentanti delle associazioni, ai rappresentanti dei partiti e soprattutto alle persone che hanno scelto di essere ancora con noi per celebrare questa importante giornata. Siamo ancora qui, e lo siamo con profondo e rinnovato convincimento, nonostante tutto, nonostante la nuova espressione politica italiana e soprattutto nonostante l'età e gli acciacchi che porta.

Ma resistiamo e continuiamo a resistere per salvaguardare e ribadire il concetto di libertà; di quella libertà della quale in campagna elettorale molti si sono riempiti la bocca forse non sapendo nemmeno di cosa si tratta. Noi lo sappiamo, lo sappiamo bene, e più ancora di noi lo sanno e lo hanno saputo tutte quelle persone che per offrirci la libertà hanno messo in gioco la loro vita. Perché la libertà, la libertà vera non è quella di non pagare le tasse ma quella del diritto del sacrosanto diritto di vivere in un mondo dove ogni persona debba essere rispettata.

Cari amici, tutti sappiamo che il 25 aprile e' una data importante per il ricordo e principalmente per coloro che hanno vissuto le giornate drammatiche di 63 anni fa.

Il 25 aprile deve essere anche ricordato per dare conforto a tutti coloro che hanno ancora vivo il ricordo di quei tremendi giorni. Perché questa è la storia del nostro Paese, e la storia non si può dimenticare.

Durante la seconda guerra mondiale lo stato fascista sfruttò milioni di uomini e di donne in condizioni di vera e propria schiavitù, con la prigionia, con l'internamento, con la vergogna dei campi di concentramento, violando tutti i diritti umani. Quando i partigiani decisero di cominciare le loro lotte e di salire sulle montagne per combattere il fascismo, lo fecero rischiando la vita e in molti casi sacrificando la loro vita.

Ma gli ideali per i quali combattevano erano e rimangono i nostri ideali assoluti che sono soprattutto la liberta' e il rispetto dei diritti civili ed umani di ogni persona. E sono ideali che ancora oggi devono essere messi al primo posto.

Anche perche', dopo 63 anni da quel 25 aprile, l'Italia potrebbe correre dei nuovi rischi e dei nuovi pericoli.

Il ricordo ci deve unire, e deve unire tutti i veri democratici, tutte le donne, gli uomini ma anche i giovani del nostro Paese perché anche se loro non possono avere una memoria storica, possono conoscere ed imparare che per arrivare alla pace e alla democrazia nel nostro paese siamo dovuti passare per un percorso difficile e anche dal sacrificio di molte vite umane.

Il sacrificio di molti uomini, di molte donne, di molti civili e militari che hanno pagato con la loro vita per arrivare ad uno Stato democratico e libero. Per questi motivi, per difendere nuovamente le faticose conquiste democratiche, il 25 aprile non puo' essere un giorno normale, ma deve rappresentare la grande giornata del ricordo dei caduti per la nostra liberta'.

Mi rivolgo allora a tutti voi, ai democratici, agli antifascisti, ai giovani e ai meno giovani per aiutare l'ANPI a mantenere sempre alto il ricordo ed il grido di `

VIVA IL 25 APRILE!
(25 Aprile 2008)

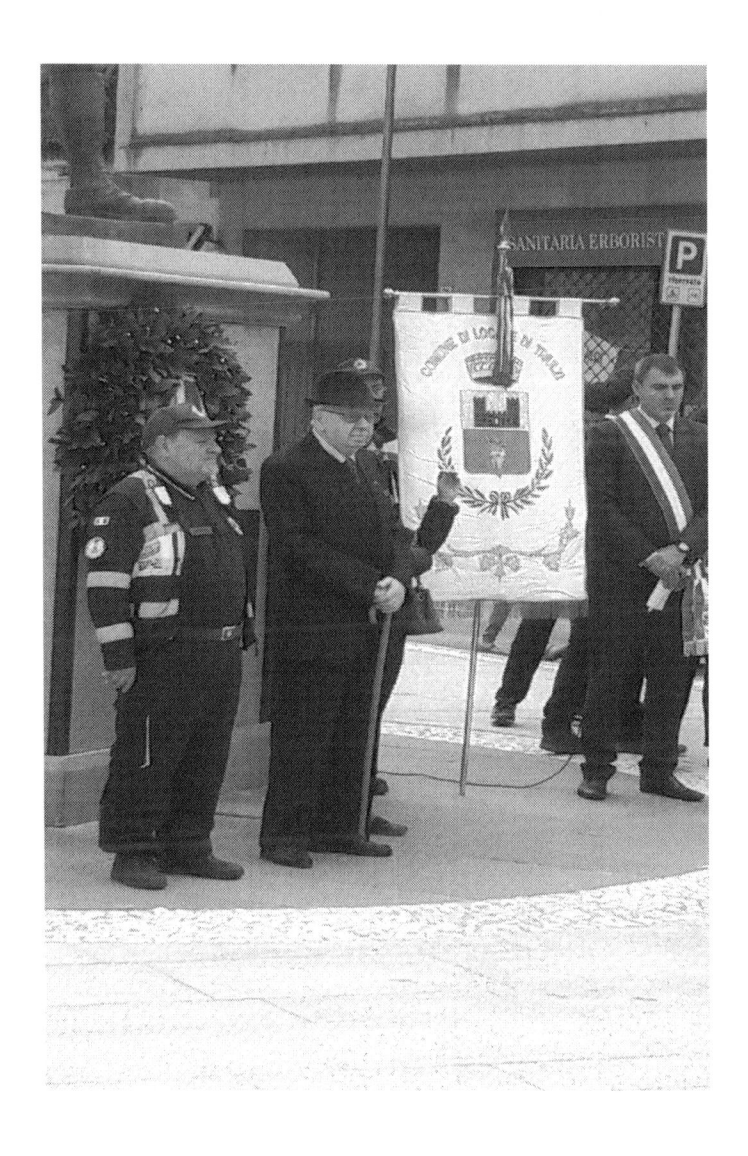
SANITARIA ERBORIST
P

Cari Amici,

Celebriamo quest'anno il 25 aprile in una situazione molto difficile per l'Italia, non solo per la grave crisi economica e sociale ma anche per i pesanti attacchi all'ordinamento democratico che da più parti stanno arrivando.
Non voglio alimentare nessun tipo di polemica perché le polemiche non possono essere costruttive.
Voglio solo ricordare che la memoria del sacrificio delle lotte partigiane non deve essere un sentimento di una sola parte del Paese ma è la memoria di tutto un popolo liberato che ha saputo creare progresso, civiltà e vera libertà.
Di questa libertà di cui oggi tutti noi godiamo oltre i colori politici, ed oltre ogni conflitto di qualsiasi partito.

Per questo voglio ricordare i grandi valori dell'antifascismo e della civiltà democratica, valori affermati con il movimento di Liberazione che ha rinnovato l'Italia.
Il percorso di lotte e sacrifici che il movimento partigiano ha condotto e i risultati che sono sotto i nostri occhi devono essere continuamente ricordati nell'interesse di tutti noi.

Solo così il 25 aprile, può diventare il punto più importante per le forze sane e democratiche del nostro Paese.

Questi concetti di libertà e di civiltà sono stati merito del nostro popolo che ha voluto e saputo cambiare l'identità dell'Italia, da paese totalitario e fascista a paese fortemente democratico, laico e soprattutto libero.
Occorre un continuo senso di responsabilità, di spirito fortemente unitario, e soprattutto il coraggio nel prendere le decisioni politiche giuste a garantire il progresso civile e sociale del nostro Paese.
Bisogna crederci, bisogna credere ancora nella civiltà e nella libertà del vivere civile, bisogna sperare e nonostante tutto avere ancora dei sogni da portare avanti.

Dicono che noi anziani non siamo più capaci di sognare, questo non è vero:
forse ne abbiamo solo meno bisogno.
Ma i giovani, i giovani di tutti i partiti, devono ancora sognare, loro hanno bisogno di sognare.
Spero che il sogno più grande e più importante possano prenderlo da noi:
dalle nostre battaglie, dal sacrificio delle nostre numerose vittime, da quello che noi abbiamo vissuto e soprattutto dal nostro essere sempre presenti,

sempre vivi, sempre vivaci nel ricordare che il 25 Aprile deve essere e rimanere la festa di tutti i democratici.

Questa è la sfida del 25 aprile Questo è l'augurio del 25 aprile Questa è la speranza di donne e uomini che possiamo unire nello stesso grido di
viva il 25 aprile!
(25 Aprile 2009)

Cari Amici

L'emozione di essere qui ancora oggi è grande e ogni anno diventa sempre più grande perché ogni anno è sempre più importante. Molte persone in questi ultimi giorni mi hanno chiesto il perché ogni anno dobbiamo riunirci per ricordare qualcosa che ormai ha il sapore di antico e quindi dovrebbe essere dimenticato. Gli rispondiamo oggi tutti insieme! Perché essere qui ancora oggi significa onorare i tanti protagonisti di quella lotta di Liberazione che, senza fatica e senza vergogna ogni anno siamo qui a celebrare.

Se penso che, a *65 anni* di distanza dal 25 aprile del '45 si deve lavorare ancora molto e sempre di più per far riconoscere al nostro Paese e a tutti quelli che sono nati in libertà il valore di queste battaglie, allora vuol dire che in questo Paese c'è ancora qualcosa che non va. Tutti noi abbiamo ricevuto un dono grande e dobbiamo impegnarci a ricordarlo e soprattutto a meritarlo.

In Italia molti sono convinti che l'antifascismo sia *qualcosa di vecchio e di superato* e che noi siamo solo dei vecchi attaccati alle nostre bandiere e al nostro fazzoletto rosso e magari *siamo destinati a scomparire.*

Guai a pensare così! Se qualcuno la pensa così si sbaglia di grosso!

Ma questo capita perché nel nostro paese la Storia, quella fatta per bene, rimane purtroppo sconosciuta alla maggior parte della gente e soprattutto dei giovani. Facciamo attenzione perché stanno condannando i più giovani a vivere in un *una situazione sempre più scadente.*

Questo perchè un Paese senza memoria è un Paese senza storia.

Dobbiamo continuare ad essere presenti e a rimboccarci le maniche e fare tutti la nostra parte da cittadini. Occupiamoci della politica, occupiamoci del sociale, occupiamoci della gente e facciamo informazione corretta perché senza storia non c'è libertà.

E la libertà è davvero come l'*aria.*

E molte volte, sentendo certi discorsi, ci manca l'aria, ci sentiamo veramente soffocare.

Tocca dunque a noi tutti, donne e uomini nati nella libertà conquistata dai padri e dalle madri, difendere la storia della nostra Repubblica. Sappiamo che non è un compito facile ma se siamo qui oggi, è perché noi vogliamo un mondo diverso. Lo stesso mondo che volevano le *donne* e gli *uomini* della Resistenza, che hanno lottato per costruire e consegnare alle generazioni future un'Italia generosa e civile.

Non vogliamo fare la storia a modo nostro ma esigiamo il rispetto del ricordo, il rispetto delle sacrosante lotte, il rispetto di tutte le donne e di tutti gli uomini che hanno sacrificato la loro vita per una libertà che purtroppo ancora oggi dobbiamo tutti quanti difendere da numerosi e continui attacchi.

Siamo ancora qui oggi e lo saremo sempre perchè *vogliamo - per noi, per i nostri figli, per il nostro e per il loro futuro un mondo nuovo, un mondo giusto, un mondo di pace e un mondo di libertà.*

Viva oggi e per sempre
il 25 Aprile!
(25 Aprile 2010)

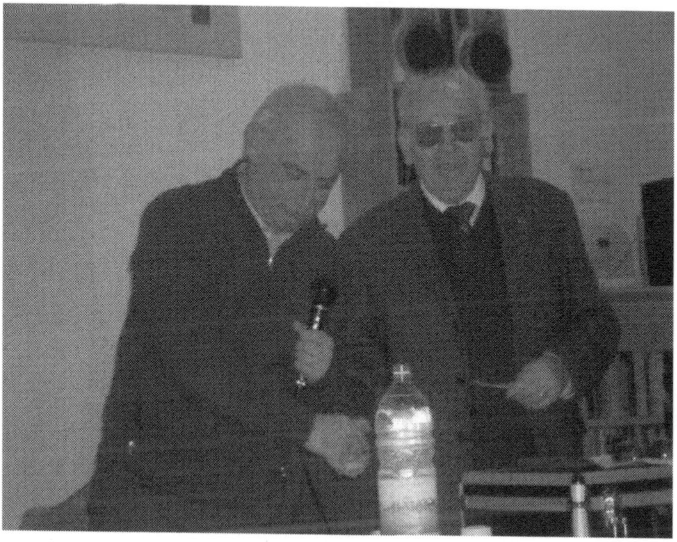

Cari Amici,

Sono molto orgoglioso e onorato di essere ancora una volta in questa piazza con tutti voi, iscritti e non iscritti all'ANPI. Io ho tanto spirito di corpo per la nostra grande Associazione e per tutta questa nostra gente. Il 25 aprile è il giorno nel quale bisogna farsi sentire, bisogna gridare la nostra protesta ma anche ribadire il nostro impegno.

Da questa piazza, da questa gente, da tutti noi deve emergere con chiarezza la forza della democrazia e la volontà di conservarla, proprio nel momento in cui ricordiamo i tanti caduti per la Libertà, che certo non sognavano e non volevano un Paese come quello di oggi.

Dobbiamo stare attenti perché dietro la porta abbiamo Forza Nuova oltre che Lega e PDL che sono contrari a questi nostri valori; anche se recentemente Berlusconi ha detto di voler partecipare al 25 Aprile. Io non ci credo! Noi dobbiamo svegliare le nostre coscienze e non rassegnarci mai, come io stesso e noi dell'ANPI non ci siamo mai rassegnati in tutti questi anni.

Amici, devo dire che sono stato molto soddisfatto dal congresso che abbiamo fatto lo scorso 15 Gennaio e dal quale è nato un buon Comitato: un comitato coi fiocchi al quale ancora una volta mi sento di augurare un buon lavoro. Qui a Locate esistono tante associazioni, quasi ogni giorno ne nasce una nuova ma non dimentichiamoci che la nostra storia è nata da una grande lotta partigiana e quindi la nostra non è un'associazione qualunque. Cerchiamo di rinforzarla sempre di più con il tesseramento perché bisogna guardare sempre avanti e soprattutto perché l'Italia ha bisogno di gente come voi.

Mi ricordo che dal 1947 al 1950 giravo per cercare dove fosse una sede dell'ANPI e poi finalmente ho saputo che qui a Locate c'era. Allora sono corso a visitarla e richiedere la mia prima tessera nel 1950!

Anche mio padre mi scrisse i suoi dati chiedendomi di farla anche per lui.

In quei tempi molti dei nostri padri erano iscritti all'ANPI e molti di loro erano ex partigiani: e non vorrei che i figli di oggi si fossero dimenticati di chi erano i loro padri! A tutti chiediamo un maggior impegno nella vita di tutti i giorni perché il ricordo non svanisca e che nei grandi momenti della vita del nostro Paese vengano messi in primo piano i sacrosanti diritti di ogni essere umano. Facciamo sentire le voci di tutti noi che non possiamo più sopportare una situazione del genere dove anche i più semplici criteri della democrazia vengono ignorati. Credo che l'ANPI ci ha sempre aiutati a tenere alta la nostra attenzione, a tenere alta la nostra coscienza critica, richiamandoci alla storia e allo spirito della nostra Costituzione. Impegniamoci tutti perché la Costituzione venga considerata e attuata, e sappiate che se ignoriamo o affondiamo la Costituzione si affonda il tessuto democratico di questo Paese e le

lotte di tutti coloro che hanno sacrificato la propria vita di semplici uomini e di semplici donne per la libertà di questa nostra Italia oggi così poco considerata.
E con l'ANPI, con tutta la gente onesta e pulita di questo nostro Paese abbiamo ancora la forza di gridare
VIVA IL 25 APRILE VIVA L'ANPI e
VIVA L'ITALIA LIBERA E PULITA.
(25 Aprile 2011)

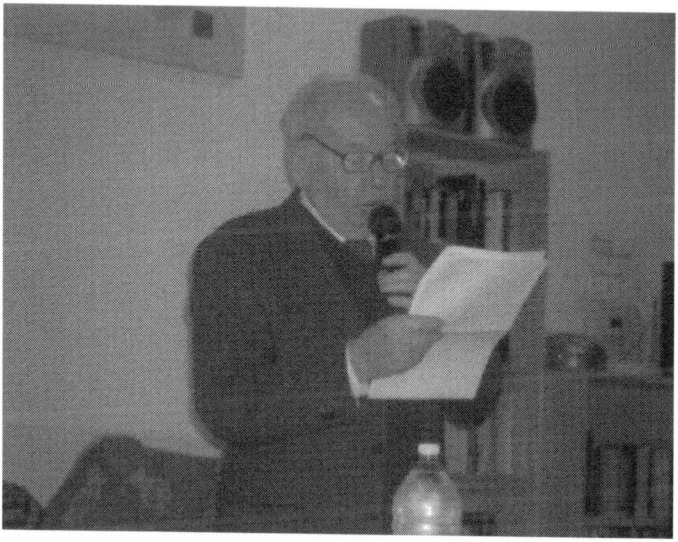

Anche quest'anno siamo qui a raccontare la nostra storia e la storia della nostra grande associazione dell'ANPI. Amici, noi tutti la sappiamo a memoria, questa storia, ma bisogna raccontarla ai nostri giovani e spiegare da che parte arriva.

Amici tutti, iscritti e non iscritti io ho 82 anni e ho cominciato all'età di solo 14 anni a collaborare con dei gruppi di Patrioti a partire dall'8 settembre del 1943. Poi nel 1944 e nel 1945 fino al 25 aprile.

Vorrei dire che io nel 1950 abitavo a Siziano e lì non c'era niente come ANPI e poi ho saputo che a Locate c'era questa sezione. Mi ricordo di essere venuto in bicicletta e la sede dell'Anpi era nella palazzina in fondo dove c'è il Comune. Entro e mi sentivo molto timido anche perché ero il più giovane di tutti. Il Presidente era il grande Gaetano Bertaglia che mi ha dato il benvenuto e gli ho raccontato una parte della mia storia. Anche ai quei tempi c'era un grande comitato.

Poi anno dopo anno e strada facendo sono andati tutti in via Piave e dal 1995 sono rimasto praticamente da solo fino al 2010 ma non ho mai mollato fino ad oggi anche se penso di essere alle ultime cartucce. Solitamente e per tutti questi anni il

Provinciale ANPI mandava un rappresentante e vorrei ricordare negli anni 50/60 Francesco Scotti e Francesco Alberganti oltre all'avvocato Gianfranco Maris. Grandi amici che hanno onorato l'ANPI in passato. L'ANPI mi ha dato piccole e grandi soddisfazioni però la più grande è quella di avere oggi un grande comitato.

Cari Amici, vorrei ancora dire due parole e poi chiudo. Noi abbiamo un simbolo importante e una grande bandiera e cerchiamo sempre di stare molto vicino alla nostra bandiera che ha 67 anni. Non come quella dei nostri partiti che ogni tanto cambiano colore e nome. Come sapete ho una certa età però prima di prendere anch'io la strada di via Piave vorrei poter avere ancora una grande soddisfazione: quella di vedere finalmente la nuova sede dell'ANPI perché, credetemi, la sezione per me era tutta la mia vita e potete immaginare quale colpo ho ricevuto quando ho aperto la porta e ho trovato tutto devastato e la tristezza è stata talmente forte da farmi cadere per terra. Spero veramente che tutta la nostra storia possa sempre e essere viva e con questo auguro a tutti voi un buon 25 aprile!

(25 Aprile 2012)

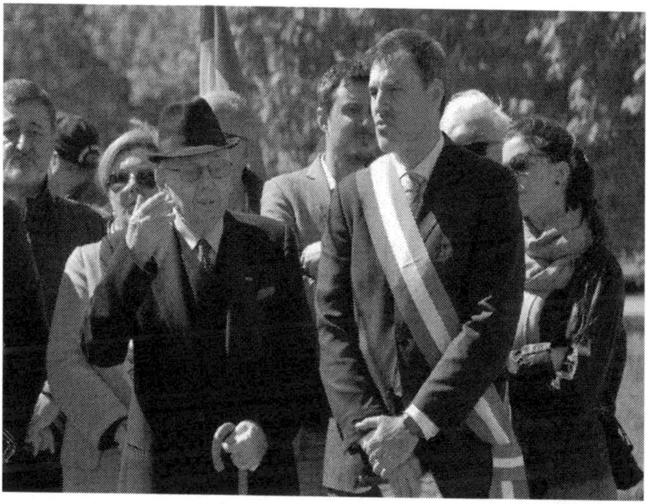

Cari Amici

Sono molto orgoglioso e onorato di essere ancora una volta in questa piazza con tutti voi. L'emozione di essere qui ancora oggi è grande e ogni anno diventa sempre più grande perché ogni anno è sempre più importante anche se ogni anno sono sempre più vecchio. Molte persone in questi ultimi giorni mi hanno chiesto il perché ogni volta dobbiamo riunirci per ricordare qualcosa che ormai ha il sapore di antico e quindi dovrebbe essere dimenticato. Gli rispondiamo oggi tutti insieme!

Perché è bello ritrovarsi uniti e appassionati attorno alle radici autentiche della nostra democrazia, perché il futuro democratico deve sempre e per forza essere antifascista. Ci sono stati alcuni personaggi politici che hanno attaccato la nostra Associazione con argomenti inaccettabili e addirittura con insulti e accuse di "fascismo" fino al punto di dire che non dovremmo più celebrare la festa del 25 aprile. E allora, vi dico, siamo tutti qui per celebrarla più grande, più forte e più partecipata anche per ribadire con forza la nostra volontà di contribuire allo sviluppo democratico della nostra nazione.

Ricordiamo tutti i partigiani, forti di cuore e di coraggio che hanno offerto la loro vita per la nostra libertà; e in particolare vorrei ricordare il Partigiano Cornelio Ferrari membro benemerito della nostra Associazione che purtroppo ci ha lasciati qualche giorno fa. E con questo ricordo continuiamo a vivere il 25 aprile come una grande festa di popolo, una grande festa di impegno antifascista con la netta volontà di uscire dalla crisi riaffermando i valori di fondo della Resistenza e della Costituzione.

Perché essere qui ancora oggi significa onorare i tanti protagonisti di quella lotta di Liberazione che, senza fatica e senza vergogna ogni anno siamo qui a celebrare. Dobbiamo continuare ad essere presenti e a rimboccarci le maniche e fare tutti la nostra parte da cittadini cercando di difendere ad ogni costo la nostra libertà.

Perché la libertà è davvero come l'*aria*.

E molte volte, sentendo certi discorsi, ci manca l'aria e ci sentiamo veramente soffocare. Noi dell'ANPI e credo tutti i democratici e antifascisti, vogliamo il rispetto del ricordo, il rispetto delle sacrosante lotte. E vogliamo per noi, per i nostri figli e

per i nostri nipoti *un mondo nuovo, un mondo giusto,*
un mondo di pace e un mondo di libertà.
Viva oggi e per sempre
il 25 Aprile!
(25 Aprile 2013)

Cari amici, prima di tutto desidero porgere il mio saluto ed il mio piu' caro ringraziamento a tutte le autorita' presenti, ai rappresentanti delle associazioni, ai rappresentanti dei partiti e soprattutto alle persone che hanno scelto di essere ancora con noi per celebrare questa importante giornata. La celebrazione del 25 aprile è l'occasione di ricordo e di riconoscimento per tutte le componenti di quel grande periodo di riscatto patriottico e civile che culminò nella riconquista della libertà e dell'indipendenza del nostro paese.

Parlo prima di tutto delle formazioni partigiane che con la loro combattività ed il loro eroismo hanno dato un tributo di solidarietà e di sacrificio a tutta la popolazione italiana. Con la lotta di Liberazione l'Italia seppe risorgere come paese libero e democratico, animato da valori di pace, di lavoro, di solidarietà e di giustizia, che trovarono la loro massima espressione nella Costituzione repubblicana.

La memoria degli avvenimenti del 1943-45 ripropone alla nostra riflessione un fondamentale e ricorrente insegnamento, che, oggi come non mai, ci appare attuale il rifiuto di ogni forma di sopraffazione e violenza e, di conseguenza, il rifiuto dell'indifferenza di fronte all'offesa della dignità dei popoli, ovunque e comunque si compia. Perchè sofferenza, sottosviluppo, distruzione e guerra, per le nazioni e i popoli che ne sono direttamente colpiti, hanno sempre rappresentato e rappresentano ancora una vera e propria vergogna per tutta l'umanità.

La sfida più grande è quella di spiegare soprattutto ai giovani perché i valori della Resistenza sono ancora oggi il motore e il sale della democrazia. Spiegare i valori e le speranze significa restituire senso alla Resistenza, dando ancora e sempre più vita a quei principi di antifascismo, di libertà e di democrazia che rappresentano il più alto valore della nostra Repubblica. Credo che ascoltando il racconto dei più anziani si capisce cosa sono state la dittatura, la guerra, la privazione delle libertà, le violenze, le torture e il sacrificio di molte vite di uomini e donne che hanno combattuto per i grandi valori della democrazia, della pace e della prosperità per nostro Paese.

Oggi stiamo correndo il rischio che parole come democrazia, libertà, pace e antifascismo perdano sempre più valore e significato. Perciò il compito che abbiamo tutti noi non è un compito facile, e chiedo col cuore a tutti quanti di continuare a testimoniare con la vostra presenza, con il vostro spirito libero, con la vostra saggezza, quanto sia stato difficile conquistare la libertà interiore, la libertà dei cuori e la libertà di opinione. Oggi, più che in passato, dobbiamo rivendicare con forza i valori dell'antifascismo, come l'unica grande cultura civile del nostro Paese. I valori dell'antifascismo devono diventare non solo un elemento di ricordo e di memoria, ma devono saper rilanciare un legame culturale e politico tra le forze che continuano a riconoscersi nei valori della Resistenza e della Liberazione.

Perché la memoria è un dovere morale, ma dobbiamo tutti insieme farla diventare anche uno strumento culturale e di progresso.

Il 25 aprile è l'anniversario, il compleanno della Liberazione, della democrazia e della Costituzione. Facciamo in modo che questo 25 aprile diventi con tutto il suo significato un momento importante per un ulteriore sviluppo civile e sociale della nostra comunità locatese, per contribuire a un'Italia e a un'Europa unita, civile, giusta e democratica, impegnata al superamento di tutte le ingiustizie, vecchie e nuove.

Alcide Cervi, padre dei sette fratelli Cervi assassinati dalla violenza fascista ci ha lasciato queste parole: "Eravate tutti e sette insieme, anche davanti alla morte, e so che vi siete abbracciati, vi siete baciati, e Gelindo prima del fuoco ha urlato: "Voi ci uccidete, ma noi non moriremo mai!" ecco, questo è l'amore per la libertà! Perché ricordiamoci che la Resistenza non è mai finita!

Il 25 aprile è un giorno di ricordi, di memoria, di pensieri importanti ma dobbiamo anche farlo diventare un giorno importante per la gioia, il rispetto, gli affetti e i grandi sogni di tutte le persone, giovani e anziane, che vogliono vivere in un Paese e in un mondo libero, democratico e soprattutto senza violenza, senza razzismo e senza guerre.

Un grande Paese ha solo cittadini liberi. E un Paese è grande quando conserva la sua memoria, quando difende la propria identità e quando costruisce, con l'aiuto di tutti, il proprio grande progetto.

Grazie a tutti voi e VIVA L'ANPI e
VIVA IL 25 APRILE!
(25 Aprile 2014)

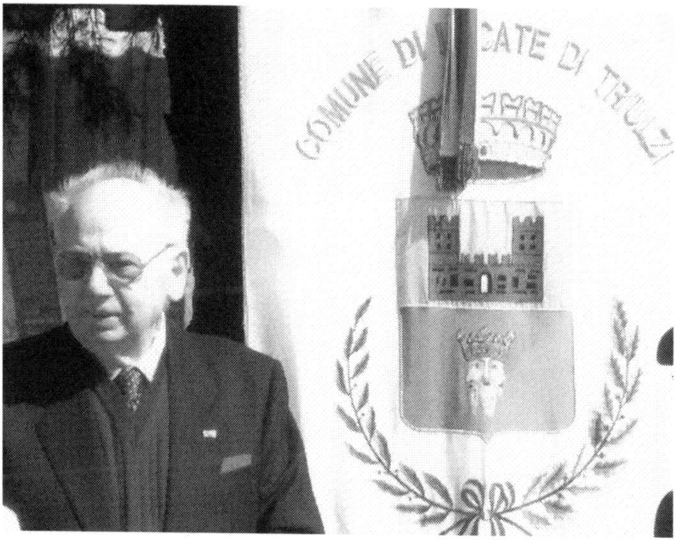
COMUNE DI
CATE DI

Cari amici, prima di tutto desidero porgere il mio saluto ed il mio piu' caro ringraziamento a tutte le autorita' presenti, ai rappresentanti delle associazioni, ai rappresentanti dei partiti e soprattutto alle persone che hanno scelto di essere ancora con noi per celebrare questa importante giornata.

Anche quest'anno il 25 aprile si svolge in un clima delicato per l'Italia, ed è proprio in un momento del genere che dobbiamo ritrovare le ragioni e le radici della Costituzione italiana che è il Vangelo della nostra Repubblica. Ricordiamoci che la nostra Costituzione è il prodotto della Resistenza, di quella Resistenza che ha saputo ridare dignità, libertà e orgoglio a un Paese devastato e mortificato da 20 anni di dittatura fascista. Ho sentito strane cose negli ultimi tempi e molta confusione è stata fatta sull'idea che possa esserci stato un fascismo buono e un fascismo cattivo. A me questo fa venire la pelle d'oca e molta, ma molta rabbia. Lo voglio ripetere con la massima serietà: non c'è mai stato un fascismo buono. Non esiste un fascismo buono!

Ma noi lo sappiamo, lo sappiamo bene, e più ancora di noi lo sanno e lo hanno saputo tutte quelle persone che per offrirci la libertà hanno messo in gioco la loro vita. Perché la libertà vera non è quella di non pagare le tasse ma quella del sacrosanto diritto di vivere in un mondo dove ogni persona debba essere rispettata.

Cari amici, tutti sappiamo che il 25 aprile e' una data importante per il ricordo e principalmente per coloro che hanno vissuto le giornate drammatiche di 70 anni fa. Il 25 aprile deve essere anche ricordato per dare conforto a tutti quelli che hanno ancora vivo il ricordo di quei tremendi giorni. Perché questa è la storia della nostra Italia, ed è una storia che non si può dimenticare.

Durante la seconda guerra mondiale lo stato fascista sfruttò milioni di uomini e di donne in condizioni di vera e propria schiavitù, con la prigionia, con l'internamento, con la vergogna dei campi di concentramento, violando tutti i diritti umani.

Quando i partigiani decisero di cominciare le loro lotte e di salire sulle montagne per combattere il fascismo, lo fecero rischiando la vita e in molti casi sacrificando la loro vita. Ma gli ideali per i quali combattevano erano e rimangono i nostri ideali assoluti che sono soprattutto la liberta' e il rispetto dei diritti civili ed umani di ogni persona. E sono ideali che ancora oggi devono essere messi al primo posto. Il ricordo ci deve unire, e deve unire tutti i veri democratici, tutte le donne, gli uomini ma anche i giovani del nostro Paese perché anche se loro non possono avere una memoria storica, possono conoscere ed imparare che per arrivare alla pace e alla democrazia nel nostro paese siamo dovuti passare per un percorso difficile e anche dal sacrificio di molte vite umane.

Il sacrificio di molti uomini, di molte donne, di molti civili e militari che hanno pagato con la loro vita per arrivare ad uno Stato democratico e libero. Per questi motivi, per difendere nuovamente le faticose conquiste democratiche, il 25 aprile non puo' essere un giorno come gli altri, ma deve rappresentare la grande giornata del ricordo dei caduti per la nostra liberta'.

Concludo con le parole di un ragazzo di 18 anni studente partigiano di Parma, fucilato dai fascisti il 4 maggio 1944: «Se vivrete toccherà a voi rifare questa povera Italia che è così bella. La mia giovane vita è spezzata dalla bruttura e dalla violenza del fascismo, ma sono sicuro che servirà da esempio».

Ricordiamoci queste parole e ripartiamo da questa speranza.
Mi rivolgo allora a tutti voi, ai democratici, agli antifascisti, ai giovani e ai meno giovani per aiutare l'ANPI a mantenere sempre alto il ricordo ed il grido di `VIVA IL 25 APRILE!
(25 Aprile 2015)

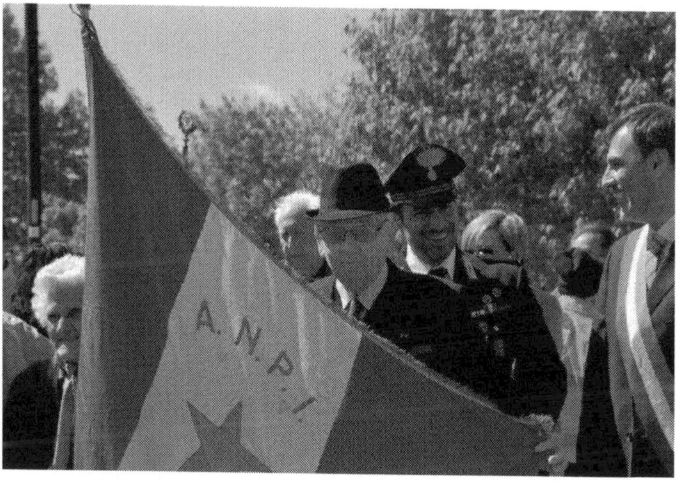
A.N.P.I.

Cari Amici

Sono molto orgoglioso e onorato di essere ancora una volta qui con tutti voi e soprattutto di avercela fatta. L'emozione di essere qui ancora oggi è grande e ogni anno diventa sempre più grande perché ogni anno è sempre più importante anche se ogni anno sono sempre più vecchio.
Molte persone si domandano perché ogni volta dobbiamo riunirci per ricordare qualcosa che sembra avere il sapore di antico e quindi dovrebbe essere dimenticato.
A queste persone rispondiamo tutti insieme che è bello ritrovarsi uniti e appassionati attorno alle vere radici della nostra democrazia, perché il futuro democratico deve sempre rappresentare la vera forza antifascista. Ho cominciato a collaborare attivamente nell'ANPI da quando avevo vent'anni, trovando sempre grandi strade aperte che potevano portare me e la mia gente verso un futuro di persone libere.

La mia collaborazione è sempre stata diretta e intensa, prima con l'amico Bertaglia che mi accolse a braccia aperte, poi affiancato al Presidente Piero Cabri per diventare successivamente io stesso Presidente fino a quando l'età me lo ha permesso. Non mi sarei mai immaginato di riuscire a portare la sezione ANPI di Locate al primo posto come numero di iscritti in tutta la provincia di Milano. Ho sempre percorso queste strade bellissime in fianco a compagni altrettanto belli che mi aiutavano a seguire un sogno democratico che forse ancora oggi, alla mia età, non si è completamente avverato.

In ogni incontro privato e pubblico, in ogni momento, in ogni celebrazione del nostro bel 25 aprile, ho sempre cercato di dire parole vere, parole giuste che venivano dal cuore e al cuore erano rivolte. Devo ringraziare le molte persone che durante questo lungo tragitto hanno collaborato e hanno camminato in fianco a me per cercare di non dimenticare le storie di un popolo che ha sofferto piangendo amare lacrime e sacrificando tante vite umane per salvaguardare la libertà e la democrazia del nostro Paese.

E' per questo che, quando oggi vedo questa strada percorsa da sempre meno persone, il mio cuore si stringe e la commozione mi sale agli occhi.

E quando, qualche anno fa entrai nella Sede Anpi e la trovai completamente devastata, ebbi un malore che mi fece crollare a terra, ma che mi fece capire che la strada era giusta, era sempre più giusta, e che bisognava andare avanti. E anche oggi vi dico: andiamo avanti, tutti insieme senza differenze di colore e di partiti, perché l'Anpi non rappresenta nessun partito ma vuole essere il riferimento di tutti quelli che abbracciano i valori e gli ideali della Resistenza, della Libertà e della democrazia.
Ho amato la Resistenza, la lotta partigiana, e tutti coloro che si sono impegnati, rimettendoci la vita, nel liberare il nostro Paese. Ho amato ed amo l'Italia e ancora di più ho amato e amo l'ANPI che ha fatto crescere le limpide e pulite coscienze di uomini e donne della nostra Nazione.
Viva l'ANPI e viva il 25 Aprile!
(25 Aprile 2016)

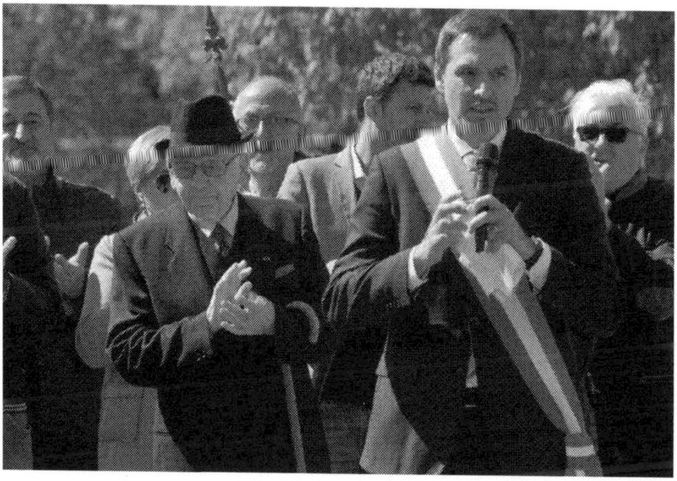

Cari amici,

prima di tutto desidero porgere il mio saluto ed il mio piu' caro ringraziamento a tutte le autorita' presenti, ai rappresentanti delle associazioni, ai rappresentanti dei partiti e soprattutto alle persone che hanno scelto di essere ancora con noi per celebrare questa importante giornata. Oggi ricorre l'anniversario della Liberazione dal nazifascismo.

In quello straordinario giorno di settantadue anni fa, la forza dei giusti ha prevalso su coloro che volevano essere i padroni del mondo e della vita delle persone. La giornata del 25 aprile non può e non deve essere solo una festa: il 25 aprile è il giorno in cui ricordiamo che le nostre radici sono radici partigiane, fondate da uomini e donne che combatterono per la loro e per la nostra libertà. Noi tutti dobbiamo essere portatori di una cultura che rimane antifascista, perché si fonda sulla libertà, sull'uguaglianza e sulla democrazia.

Quello che oggi spesso manca è il sentimento di umanità. Dobbiamo essere più umani per la nostra società e cercare di strapparla al menefreghismo, alla freddezza e all'indifferenza. Dobbiamo essere tutti più umani e responsabili perché coloro che in quel 25 Aprile sono scesi dalle montagne con il tricolore in mano, ci hanno insegnato a vivere come persone libere e attive nel nostro mondo, ci hanno spiegato la forza e la semplicità dell'altruismo.

Chi cantava "Bella ciao" con il cuore in gola e le lacrime agli occhi, cantava un sentimento di bella umanità che oggi si sta sempre più spegnendo. Viviamo in un periodo storico di crisi complessiva, crisi anche di valori e di riferimenti morali. Il 25 aprile ci ricorda cosa seppero scegliere le nostre nonne e i nostri nonni, in un momento tragico e tristemente storico. Ricordo che nel 1938 veniva data ai bambini in età scolare una tessera scolastica con scritto un giuramento: *giuro di eseguire gli ordini del duce e di servire con tutte le mie forze la causa della rivoluzione fascista.*

Mi auguro invece che oggi il nostro unico giuramento possa essere quello di servire con tutte le nostre forze il concetto di libertà, di democrazia, di uguali diritti e di umanità per tutte le persone e per tutti i cittadini del mondo.

C'è stato un grande uomo che ci ha ricordato come il sentimento di umanità, non può mai venire a meno.

Era Antonio Gramsci che dal carcere che lentamente lo stava consumando, scriveva parole che dobbiamo ricordare oggi, domani e sempre.

Scriveva così *"Mi sono convinto che quando tutto è o sembra perduto, bisogna rimettersi tranquillamente all'opera, ricominciando dall'inizio."*

Io sono convinto, Noi siamo convinti, l'ANPI è convinta di questo e tutti insieme dobbiamo metterci all'opera per tenere alta la bandiera della libertà, della democrazia e soprattutto del senso di rispetto e di umanità.

Grazie a tutti voi e VIVA L'ANPI

VIVA IL 25 APRILE!

(25 Aprile 2017)

Festa del tesseramento ANPI
Locate di Triulzi

Amici tutti,
iscritti e non iscritti, voglio dare un saluto a questa festa del tesseramento ANPI, un saluto sincero ed un saluto sentito da parte di un collaboratore dell'ANPI ormai anziano ma sempre attivo e soprattutto presente. Come molti di voi sanno, ho cominciato a collaborare e a lavorare per la nostra grande associazione fin dagli anni dal 1943-1945 e credo di aver fatto, in tutto questo tempo un buon lavoro e di essere stato un buon attivista cercando di tenere sempre una buona condotta.

E nonostante gli anni passati, nonostante la bella fatica delle lotte passate ma mai tramontate, oggi sono ancora qui con voi e sono onorato di essere qui con voi e con l'associazione che rappresenta ancora oggi uno dei soli argini antifascisti nel nostro Paese. Per coloro che non lo sapessero voglio ricordare che l'ANPI è nata la prima settimana del mese di giugno del 1944 e da sempre ha rappresentato un pezzo di storia d'Italia, perché non dobbiamo dimenticare che la memoria è storia ed è proprio l'ANPI che ha sempre tenuto alta la bandiera della nostra libertà e del nostro essere per sempre antifascisti.

Per questo voglio dire ai rappresentanti dei vari partiti, alle istituzioni politiche e a tutti voi che fate parte della nostra associazione di presentare dei buoni candidati al nostro prossimo congresso. Ma sono sicuro che questo succederà e i candidati che rappresenteranno l'ANPI di Locate saranno senz'altro una fonte di benessere per tutti gli antifascisti.

Cari Amici, oggi è una grande festa, per l'ANPI, per tutti noi e per tutta Locate, anche perché voglio dare alcuni dati relativi alla forza della nostra associazione: l'ANPI di Milano e provincia ha 92 sezioni e 10 anni fa la sezione di Locate era all'ultimo posto con soli 10 iscritti ma oggi con orgoglio devo dire che abbiamo 105 iscritti e la <u>sezione ANPI di Locate è la prima in classifica di tutta la provincia milanese.</u>

Siamo i più forti e modestamente ho sempre cercato di essere forte nel portare avanti le nostre battaglie e il nostro tesseramento. Oggi purtroppo in base ai miei anni e ai miei disturbi di salute non mi sento più in grado di poter fare quello che ho fatto negli anni passati, e vi giuro che per me questo è un grande dispiacere e lo dico con grande emozione ma, sono sicuro, che tutti insieme troveremo dei validi attivisti che sappiano avvicinare molte persone, anche giovani, ai nostri ideali e alla nostra associazione.

Cari Amici, è da molto tempo che non si svolge un vero e proprio congresso, ma questo perché in tutti gli anni scorsi sono sempre stato solo e quindi non era possibile, ma oggi siamo in tanti e la mia speranza è che il prossimo congresso, che sarà per la fine di ottobre, rappresenti una continuità per l'ANPI di Locate e sono convinto che il candidato che andremo a votare saprà portare per sempre alta la nostra bandiera. Quindi finisco il mio saluto con un appello: partecipate tutti al nostro congresso, partecipate tutti alle attività dell'ANPI e partecipate tutti attivamente al tesseramento perché se oggi siamo i primi in classifica anche domani dobbiamo esserlo e rimanere forti per sempre!

Viva l'ANPI e viva l'antifascismo!

Medaglia della Liberazione conferita dal Ministero della Difesa ad Antonio Benni

"Una storia di dignità"
Nota di Arianna Censi
Vice Sindaca della Città metropolitana di Milano

Da qualche tempo a questa parte è in atto una campagna di profonda revisione del significato, della natura e del senso stesso della Resistenza, lanciata dai microfoni e dai megafoni di schiere di parlamentari e rilanciata sui "social" dai molti populisti presenti in rete.

Molte delle azioni politiche nel nostro Paese sono sempre più caratterizzate da atteggiamenti apertamente antiparlamentari e antidemocratici, connotati da una propaganda violenta, a volte non solo verbale. Un riflesso quasi anticulturale, irrazionale, che non vuole più approfondire la complessità delle cause dei problemi sociali, né vuole più riconoscere l'esistenza di una memoria storica profonda, radicata, di ciò che è accaduto e del perché è accaduto, dalla quale attingere per meglio capire il presente.

Dare risposte semplici a problemi complessi è diventato così indice di vicinanza al "popolo".

Ben venga dunque il racconto di Antonio Benni, "*Una storia di dignità*".

Per molti anni presidente della Sezione Anpi di Locate Triulzi, Antonio Benni, nelle sue pagine, fa suonare un campanello d'allarme. La realtà odierna, scrive Benni, nella quale prevale una sorta di spirito di rassegnazione che privilegia risposte semplicistiche, la politica è come ghettizzata, e le viene imputata l'incapacità di gestire le istanze e i bisogni dei cittadini.

Benni ci rammenta che il fascismo, contro il quale i partigiani si sono armati e hanno combattuto, contribuendo in modo determinate alla sua caduta, non è un'opzione della storia di cui ci siamo liberati per sempre.
Da quando la Costituzione italiana è entrata in vigore, crediamo di aver messo al sicuro la libertà. Dobbiamo comprendere invece che il sistema democratico non rappresenta un valore assoluto, ma è un processo per il quale occorre continuamente lottare.

Il totalitarismo fascista è sempre in agguato, e dobbiamo combatterlo, come fecero i partigiani, tenendo sempre presente che la Libertà, come scrive Benni: «*è la parola chiave che dovrebbe accompagnare ogni persona nel proprio percorso di vita; perché non c'è libertà dove regna la violenza, non può esserci libertà dove vige il sopruso.*».

La storia ci insegna che per imporsi il fascismo fa leva

sull'incapacità delle istituzioni democratiche nel garantire l'espansione economica, la sicurezza e il *welfare* dei propri cittadini. E non è forse un caso se oggi stiamo sempre più tristemente scivolando, nel dibattito pubblico, in una logica fondata sulla corsa al ribasso propagandistica.

Alla luce di ciò che oggi accade, meglio si comprende perché la Resistenza non può assolutamente definirsi compiuta. Anzi, sarebbe bene non considerarla soltanto un Valore, da utilizzare come una bandiera da imbracciare all'occorrenza, bensì un'ideale di lotta - oggi più attuale che mai - a difesa del nostro sistema democratico.

Dev'essere un nostro impegno prioritario avvertire i giovani, per primi, sulla Resistenza che ancora non è finita e che più che mai va proseguita. Il racconto di Benni sta qui a ricordarcelo, con una fermezza e una soavità esemplari.

Infine un personale, affettuoso ringraziamento all'amico, al Maestro Antonio Benni, a cui mi legano ricordi ed emozioni e tanti 25 Aprile trascorsi insieme.

Arianna Censi

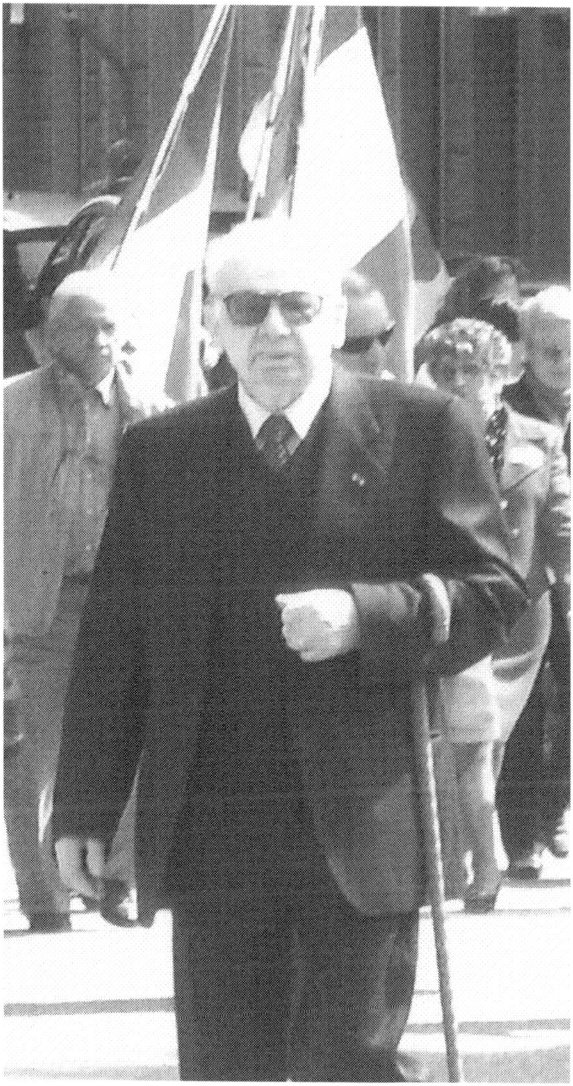

Printed in Great Britain
by Amazon